"Lilli ist an allem schuld!"

Die seltsame und fast zufällige Geburt der *taz*-Comic-Streifen – Von Karl Wegmann

An einem trüben Abend im verregneten Sommer 1991 hockte ich in meiner Neuköllner Kleinstwohnung und bastelte an einem Konzept für eine bunte, schräge Seite. Die dritte Flasche Budweiser war in Arbeit, die Yucca-Palme lag, eingehüllt in den Rückständen von Freiheit und Abenteuer, im Sterben, und die Glotze sonderte den üblichen Sermon ab, den ich aber kaum wahrnahm, denn ich kaute auf einem gemeinen Problem herum. Für die letzte Seite der *taz* wollte ich unbedingt einen täglichen, exklusiven Comic-Streifen. Er sollte frech sein, hinterhältig, provozierend und dem guten Geschmack fröhlich lächelnd die Gurgel umdrehen. "Unmöglich", hatten Kollegen mein Problem belächelt. "In Deutschland gibt es keine Comic-Zeichner die exklusiv und täglich liefern, in Amerika ja, aber nicht bei uns". Was tun? Auf *Hägar* und Konsorten zurückgreifen, dünne *Ottifanten* engagieren, Seyfried foltern oder die Idee besser gleich begraben. Ich war kurz davor den tschechischen Brauereiarbeitern zu Doppelschichten zu verhelfen, als Lilli im Fernsehen auftauchte.

Im Berliner Kabelkanal FAB zeigten sie ein Portrait der jungen Malerin Lillian Gerer Mousli. Die Frau sah toll aus, war witzig und offensichtlich eine ausgezeichnete Malerin. Aber es kam noch besser: Lilli hatte einen Comic entworfen, den sie *Das Gruselalphabet* nannte. "Das isses!" kreischte ich, warf vor Aufregung mein Bier um und ertränkte so die Fernbedienung. Am nächsten Morgen rief ich gleich an und holte die Künstlerin aus dem Bett. "Macht gar nichts", murmelte sie und klar würde sie ihren Comic an die *taz* verkaufen. Also erschien am 3. September

'91 die erste *Wahrheit* mit dem Streifen zum Buchstaben A ("Die kleine Anette schluckte die falsche Tablette"). Schon nach ein paar Tagen hagelte es aufgeregte Leserbriefe: "Kinderfeindlich", "frauenfeindlich", "menschenverachtend" war der Tenor der verbiesterten LeserInnen. Ich war hochzufrieden! *Die Wahrheit* schoß mit einer LeserInnenbeschimpfung zurück und druckte die Reihe weiter. Leider reichte der Strip jedoch nur für gut vier Wochen. "Sag' all deinen zeichnenden Bekannten Bescheid, daß wir Comix brauchen", impfte ich Lilli. "Kein Problem", antwortete sie. Inzwischen hatten aber auch schon andere Talente unser Dilemma spitzgekriegt. Aus den hintersten Winkeln der Republik flatterten Witzbildchen in die Redaktion. Doch die meisten Witze waren platt wie Pappe. Ein paar der mittelmäßigen druckten wir aus purer Not trotzdem. Der Strom der Einsendungen riß nicht ab. Ein Freund von Lilli, ein gewisser Thomas Körner, stellte sich besonders dusselig an, er schickte uns einfach einen Berg seiner Karikaturen. "Verdammt", dachte ich, "es ist wirklich einfacher einem Masai-Krieger eine Solarheizung aufzuschwatzen, als diesen Idioten klar zu machen was wir wollen". Doch da irrte der Redaktör. Eine Woche nach seinem monströsen Paket bekam ich folgenden Brief von Thomas Körner:

Schönen guten Tag!

Jaja, ich seh's ja ein, meine Cartoons passen nicht so recht in 'Die Wahrheit', vom Format versteht sich. Aber, hahaa! (diabolisch), es gibt jetzt auch Strips von ©TOM! schöne, lustige im Querformat! Ich hab' da 'ne Reihe angefangen, die ich 'Touché' nenne. Bis jetzt gibt's noch keine feste Figur, aber so langsam kristallieren sich ein paar Charaktere heraus. Die Reihe wird fortgesetzt, die ersten hältst Du in Händen. In ein paar Tagen frag' ich mal nach, ob Du Interesse hast.   So, viel Spaß, es grüßt der ©TOM!

Bingo!!! Jetzt aber gaaanz vorsichtig. Der Typ und seine Strips waren einfach zu gut um wahr zu sein. Wenn ich den zu sehr lobe, geht der doch gleich zu einer anderen Zeitung und verdient das fünffache, dachte ich. Andererseits, loben muß man schon, Künstler von dem Format sind sensibel, nachher bekommt der noch eine Blockade oder so. Und überhaupt, wie lange wird er wohl durchhalten? Alles Quatsch. TOM erwies sich als zuverlässiger, überaus liebenswürdiger Spitzbube, der gerne für die kleine *taz* zeichnete und der über ein unerschöpfliches Reservoir an Ideen und Energie verfügte. Die richtige Leserpost aus der falschen Ecke bekam er auch schon bald. "Rassistisch" hieß es diesmal, "sexistisch" und "vegetarierfeindlich". Als die *Wahrheit* sich am 1. April '93 den Scherz erlaubte, TOM wegen dieser Angriffe zu verabschieden, wurde die *taz* mit Protesten zugeschüttet. Chefredakteuere wurden am Telefon unflätig beschimpft, die Abo-Abteilung mußte Kündigungsdrohungen abwehren, Faxgeräte liefen Amok und über hundert empörter Leserbriefe gingen ein – mehr als jemals zuvor auf einen einzelnen Beitrag hin.

Inzwischen haben sich die von TOM versprochenen "Charaktere" längst fest installiert: Der Exkreminator, die Frösche in den *Frog ups*, Schüler Huschke, die Oma am Postschalter, der Hamster im Staubsauger, die Teufel in der Hölle und der gespickte Cowboy. Fast täglich bekommen wir in der *Wahrheit* Anrufe von SPD-Ortsgruppen, Kleintierzüchtervereinen, Postlern (die *Telekom* ist ganz wild auf die Postschalterwitze), Gewerkschaftlern und anderen mehr oder weniger illustren Zeitgenossen, die bestimmte Strips nachdrucken möchten. TOM ist da großzügig.

Vor zwei Jahren gab es auch schon mal einen Raubdruck mit gesammelten *Touché*, der uns anonym zugeschickt wurde. TOM war amüsiert. Und dann war da noch ein Chefredakteur, der die Strips nicht leiden konnte. Das war dann der Anfang von seinem Ende. Der Mensch arbeitet jetzt für eine Wochenzeitung, TOM ist immer noch bei der *taz*, täglich und exklusiv.

„HUMOR-LOSE SIND MEISTENS NIETEN."

Karl Garbe

TOUCHÉ by ©TOM

TOUCHÉ by ©TOM

TOUCHE by ©TOM

TOUCHE by ©TOM

TOUCHÉ by ©TOM

TOUCHÉ by ©TOM

TOUCHÉ by ©TOM

TOUCHÉ by ©TOM

TOUCHÉ by ©TOM

TOUCHÉ by ©TOM

TOUCHÉ by ©TOM

TOUCHÉ by ©TOM

TOUCHÉ by ©TOM

TOUCHÉ by ©TOM

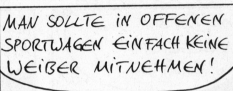

TOUCHÉ by ©TOM

TOUCHÉ by ©TOM

TOUCHÉ by ©TOM

TOUCHÉ by ©TOM

TOUCHÉ by ©TOM

TOUCHÉ by ©TOM

ER WAR EINSAM,...

...ABER SCHNELLER!

TOUCHÉ by ©TOM

TOUCHÉ by ©TOM

TOUCHÉ by ©TOM

TOUCHÉ by ©TOM

TUCHÉ by ©TOM

TOUCHÉ by ©TOM

TOUCHÉ by ©TOM

TOUCHÉ by ©TOM

TOUCHÉ SPEZIAL

"Der Froschkönig" TEIL 4 von 6 by ©TOM

TOUCHÉ by ©TOM

TOUCHÉ by ©TOM

TOUCHÉ by ©TOM

TOUCHÉ by ©TOM

TOUCHÉ by ©TOM

TOUCHÉ by @TOM

TOUCHÉ by ©TOM

Hoppe, hoppe Reiter, wenn er fällt, dann dann schreit' er...

Fällt er in den Graben, fressen ihn die.... NA?

KRANKENHAUSKOSTEN!

TOUCHÉ by ©TOM

TOUCHÉ by ©TOM

TOUCHÉ by ©TOM

TOUCHÉ by ©TOM

TOUCHÉ by ©TOM

TOUCHÉ by ©TOM

TOUCHÉ by ©TOM

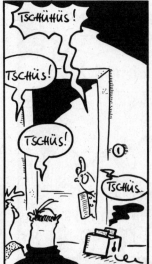

TOUCHÉ by ©TOM

MEINE DAMEN UND HERREN! DIE HALLE STEHT IN FLAMMEN UND MUSS SOFORT EVAKUIERT WERDEN! BEGEBEN SIE SICH UNVERZÜGLICH ZU DEN NOTAUSGÄNGEN!

TOUCHÉ by ©TOM

TOUCHÉ by ©Tom

Die lustigen Abenteuer
des dummen Katers   TEIL 1   erzählt von Jim AVIS
* CARFIELD *

Oh, was für ein schöner Tag!
Genau richtig, um etwas
spazieren zu gehen ...

HUUP! HUUP!

BRUMMM!

LALALA!

LUIGI'S
LASAGNE

Ich HASSE Lasagne !!!

TOUCHÉ by ©TOM

TOUCHÉ by ©TOM

TOUCHÉ by ©TOM

TOUCHÉ by ©TOM

TOUCHÉ by ©TOM

TOUCHÉ by ©TOM

TOUCHÉ by ©TOM

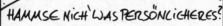

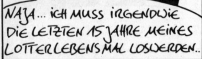

TOUCHÉ by ©TOM

TOUCHÉ by ©TOM

Panel 1:
- "MEIN GOTT, WAS FÜR 'NE ÖDE PARTY! DIE QUATSCHEN JA NICH' MAL..."
- "KEIN PROBLEM..."

Panel 2:
- "ALSO, ICH STEH' JA TOTAL AUF „MAZDA"..."

Panel 3:
- "BÄH! REISSCHÜSSELN!"
- "ICH HATTE MAL N'FIAT 500!"
- "BRRM! BRRM!"
- "PAH!"
- "NA JA, DER NEUE QXL... 153 PS - 240 KM/H"
- "'NE KNUTSCHKUGEL! WIE SÜÜÜÜSS!"
- "HAB' DEN SEHTEST NICH' BESTANDEN..."
- "VOLKSHOCHSCHULE - „KONVERSATION I"!"

TOUCHÉ by ©TOM

TOUCHÉ by @TOM

TOUCHÉ by ©TOM

TOUCHÉ by ©TOM

TOUCHÉ by ©TOM

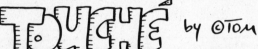

TOUCHÉ by ©TOM

TOUCHÉ by ©TOM

TOUCHÉ by ©TOM

TOUCHÉ by @Tom

Panel 1: ICH WEISS GENAU, WO ICH BIN UND WAS IHR MIT MIR VORHABT! UND WEISSTE WAS, ZIEGENBOCK? ES IST MIR SCHEISSEGAL!

Panel 2: NA, WOMIT FÄNGSTE AN, MICH ZU PIESACKEN? MIT DIESER LÄCHERLICHEN MISTGABEL?

Panel 3: 14 TAGE TROMMELN UND TANZEN IN DER TOSKANA...

TOUCHÉ by ©TOM

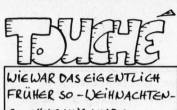

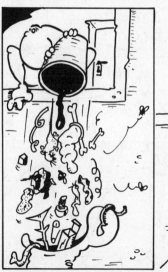

FROG UP by ©TOM

TOUCHÉ by ©TOM

TOUCHÉ by ©Tom

TOUCHÉ by ©TOM

...HELGA UND ICH HABEN EIER GESUCHT... DIE KINDER DURFTEN DIESES JAHR VERSTECKEN... MEHR WEISS ICH NICHT...

IS' MANCHMAL BESSER SO...

HELGA!!

FRÖHLICHE OSTERN.

TOUCHÉ by ©TOM

TOUCHÉ

NAGUT - VERSUCHEN WIR ES HEUTE MAL ETWAS EINFACHER: AUTOFAHRER "A" FÄHRT VON "X" NACH "Y". AUTOFAHRER "B" VON "Y" NACH "X"... "X" UND "Y" SIND 20 km VONEINANDER ENTFERNT...

DIE GESCHWINDIGKEIT BEIDER AUTOS BETRÄGT EXAKT 200 km/h - KEINE STAUS! - KEINE BAUSTELLEN! - KEINE PANNEN! - VOLLGETANKT!

NA, HUSCHKE - WO TREFFEN SICH DIE BEIDEN?

IM KNAST...

TOUCHÉ by ©TOM

TOUCHÉ by ©TOM

TOUCHÉ by ©TOM

...WIEDERHOLE: HABE DEN ROTEN DRAHT AM ZÜNDER DURCHTRENNT!

CHEF? ES IS' DER BLAUE...

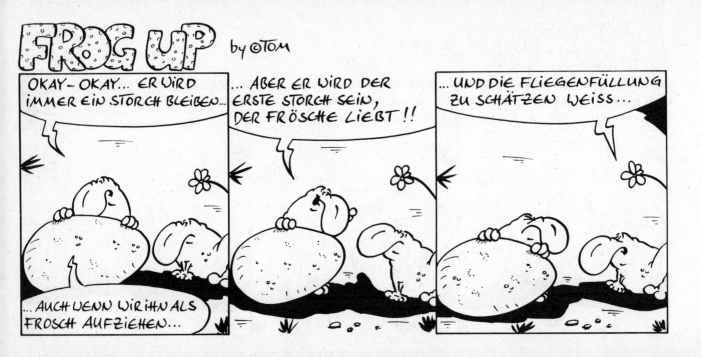

TOUCHÉ by ©TOM

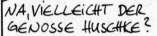

TOUCHÉ by ©TOM

TOUCHÉ by ©TOM

INDIANER!! ❗ **BÜFFEL!!**

TOUCHÉ by ©TOM

STARTHILFEKABEL... ...STARTHILFEKABEL... IRGENDWO...

AH! BINGO!!

HALLO! KÖNNEN SIE MIR MAL HELFEN?

TOUCHÉ by ©TOM

! JETZT !
im Handel oder direkt bestellen beim Verlag! Einfach Katalog anfordern.
JOCHEN enterprises • Möckernstr. 78
10965 Berlin • Tel & Fax: 030 - 786 70 19
e-mail: jochenenterprises@t-online.de
web-site: www.jochenenterprises.de

Super, TOM !

DIN A 4-Heft
48 Seiten
schwarz-weiß
ISBN 3-9803050-6-6
9,95 DM

Das zweite Heft von TOM. Mit Postkarte! Außerdem zur fingerfertigen Belustigung in die Heftecken montiert: Vier Daumenkinos!

Onkel TOM Hütte

DIN A 4-Heft
48 Seiten
schwarz-weiß un zweifarbig
ISBN 3-930486-
9,95 DM

Das dritte Heft von TOM, prallgefüll Witzbildchen und vielen „TOUC Comic-Strips aus den Jahren 1993 Als Zugabe hat dieses Heft ein aufwe gestaltetes, aufklappbares Groß-Cover.

Witzbildchen !

DIN A 4-Heft
48 Seiten
schwarz-weiß
ISBN 3-9803050-1-6
9,95 DM

Schon legendär: das erste TOM-Heft aus dem Jahr 1992. War lange nicht mehr lieferbar – jetzt in der 4. Auflage und weiter zum alten Preis!

Im Land des Lächelns

Format 24 x 22 cm
Paperback, 84 Seiten
schwarz- weiß und viele FARB-Seiten
ISBN 3-930486-22-9
19,80 DM

Die Sammlung aus dem Jahr 1996, diesmal zwischen quadratisch guten Buchdeckeln, mit den besten TOUCHÉ-Comic-Strips und FARB-Cartoons aus den letzten zwei Jahren.

TOMs 2000 Touché

Format: So wie das Teil hier, das Du in den Händen hältst!
1008 Seiten
schwarz-weiß
ISBN 3-930486-59-8
39,90 DM

Der zweite "Ziegelstein" mit den Touché-Comic-Strips #1001 bis 2000, die TOM in den Jahren 1995 bis 1998 in der taz veröffentlicht hat!
Mit einem Vorwort von Wolfgang Mulke, dem offiziellen TOM-Biographen.

Achtung, Frühaufsteher! Das endgültige Motivations-Poster von TOM ist da! Bestens geeignet für alle Küchen, Schulen, Feuerwachen, oder Wahrheits-Klub-Räume.
Vierfarbiges Poster, 80 x 60 cm
14,90 DM

Bei Direktbestellungen berechnen wir zuzüglich 10 DM Transport! Wird dann in Papprolle per Post geliefert!

Das Poster „Empfundene Uhrzeit"